AF186449

Tucholsky   Wagner   Zola   Scott
Turgenev   Wallace   Fonatne Sydow   Freud   Schlegel

Twain   Walther von der Vogelweide   Fouqué   Friedrich II. von Preußen
                    Weber   Freiligrath
Fechner   Weiße Rose   von Fallersleben   Kant   Ernst   Frey
        Fichte   Hölderlin Richthofen   Frommel

        Engels   Fielding   Eichendorff   Tacitus Dumas
Fehrs   Faber   Flaubert
Feuerbach   Maximilian I. von Habsburg   Fock   Eliasberg   Zweig   Ebner Eschenbach
                Ewald   Eliot   Vergil
        Goethe   Elisabeth von Österreich   London
Mendelssohn   Balzac   Shakespeare   Dostojewski   Ganghofer
        Trackl   Lichtenberg   Rathenau   Doyle   Gjellerup
Mommsen   Stevenson   Tolstoi   Hambruch   Droste-Hülshoff
        Thoma   Lenz   Hanrieder
Dach   Verne   von Arnim   Hägele   Hauff   Humboldt
        Reuter   Rousseau   Hagen   Hauptmann   Gautier
    Karrillon   Garschin   Baudelaire
        Damaschke   Defoe   Hebbel
                     Descartes   Hegel   Kussmaul   Herder
Wolfram von Eschenbach   Schopenhauer   Rilke   George
    Bronner   Darwin   Melville   Grimm Jerome   Bebel   Proust
        Campe   Horváth   Aristoteles   Federer
Bismarck   Vigny   Barlach   Voltaire   Herodot
                 Gengenbach   Heine
Storm   Casanova   Tersteegen   Gilm   Grillparzer   Georgy
        Chamberlain   Lessing   Langbein   Gryphius
Brentano   Lafontaine
    Strachwitz   Claudius   Schiller   Kralik   Iffland Sokrates
        Katharina II. von Rußland   Bellamy Schilling
                         Gerstäcker   Raabe   Gibbon   Tschechow
Löns   Hesse   Hoffmann   Gogol   Wilde   Gleim   Vulpius
    Luther   Heym   Hofmannsthal   Klee Hölty   Morgenstern
        Roth   Heyse   Klopstock   Kleist   Goedicke
Luxemburg   Puschkin   Homer   Mörike
        La Roche   Horaz   Musil
    Machiavelli   Kierkegaard   Kraft   Kraus
Navarra Aurel   Musset   Kind   Moltke
    Nestroy Marie de France   Lamprecht Kirchhoff Hugo
    Nietzsche   Nansen   Laotse   Ipsen   Liebknecht
        Marx   Ringelnatz
    von Ossietzky   Lassalle   Gorki   Klett   Leibniz
        May   vom Stein   Lawrence   Irving
Petalozzi
        Platon   Pückler   Knigge
    Sachs   Poe   Michelangelo   Kock   Kafka
        de Sade Praetorius   Mistral   Liebermann
                              Zetkin   Korolenko

Der Verlag tredition aus Hamburg veröffentlicht in der Reihe **TREDITION CLASSICS** Werke aus mehr als zwei Jahrtausenden. Diese waren zu einem Großteil vergriffen oder nur noch antiquarisch erhältlich.

Symbolfigur für **TREDITION CLASSICS** ist Johannes Gutenberg (1400 — 1468), der Erfinder des Buchdrucks mit Metalllettern und der Druckerpresse.

Mit der Buchreihe **TREDITION CLASSICS** verfolgt tredition das Ziel, tausende Klassiker der Weltliteratur verschiedener Sprachen wieder als gedruckte Bücher aufzulegen – und das weltweit!

Die Buchreihe dient zur Bewahrung der Literatur und Förderung der Kultur. Sie trägt so dazu bei, dass viele tausend Werke nicht in Vergessenheit geraten.

Das Atelier

Heinrich Seidel

Impressum

Autor: Heinrich Seidel
Umschlagkonzept: toepferschumann, Berlin

Verlag: tredition GmbH, Hamburg
ISBN: 978-3-8424-7084-2
Printed in Germany

Rechtlicher Hinweis:
Alle Werke sind nach unserem besten Wissen gemeinfrei und
unterliegen damit nicht mehr dem Urheberrecht.

Ziel der TREDITION CLASSICS ist es, tausende deutsch- und
fremdsprachige Klassiker wieder in Buchform verfügbar zu
machen. Die Werke wurden eingescannt und digitalisiert. Dadurch
können etwaige Fehler nicht komplett ausgeschlossen werden.
Unsere Kooperationspartner und wir von tredition versuchen, die
Werke bestmöglich zu bearbeiten. Sollten Sie trotzdem einen Fehler
finden, bitten wir diesen zu entschuldigen. Die Rechtschreibung der
Originalausgabe wurde unverändert übernommen. Daher können
sich hinsichtlich der Schreibweise Widersprüche zu der heutigen
Rechtschreibung ergeben.

I. Einziehen!

Die Dachstube ist der Kopf des Hauses. Unten zu ebener Erde, wo die Kaufläden sind, wo in hastigem Getriebe Handel und Wandel aus und ein gehen, befinden sich die geschäftigen Füße. Der behagliche Rentier im ersten Stock, dessen Hauptbeschäftigung es ist, zu verdauen, und dessen größte Sorge, wie er neuen Hunger gewinne, mag für einen würdigen Repräsentanten des Bauches gelten, und nun eine Treppe höher müßte das Herz sich befinden. Stehen nicht Blumen am Fenster, tönt nicht den ganzen Tag Gesang und Klavierspiel, sieht man nicht zuweilen schöne Mädchenköpfe zwischen den Blumen lauschen? Noch eine Treppe höher und wir gelangen zu den rührigen Armen und Händen des Handwerks, und dann hinaus zum Kopf: zur Dachstube.

Hier wird am meisten gedacht und gedichtet und geträumt in der ganzen Stadt. Hier fliegen die Lieder aus, einige, gewaltig wie Adler, schwingen sich auf und schweben im Sonnenglanze über der erstaunten Welt; andere, wie kleine Waldvögel, flattern singend von Zweig zu Zweig und Liebende lauschen ihnen stillbeglückt. Hier schimmert in stiller Nacht noch lange die Lampe des Gelehrten wie ein einsamer Stern, hier ist das Reich des Gedankens und der Kunst.

Man sagt, die Kunst geht nach Brot, aber sie geht vor allem nach Licht, nach dem himmlischen und nach dem irdischen. Und, da unten im Gewühl der Menge des irdischen und des himmlischen Lichtes zu wenig ist, so muß die Kunst vier Treppen steigen. Nur den Bildhauer hält die Schwere seines erdgeborenen Stoffes unten fest, doch wir haben es hier mit einem Maler zu thun.

Wolfgang Turnall hatte viele Not, ehe er ein Atelier nach seinem Wunsche fand, und wurde dadurch umhergetrieben wie ein gefiedertes Samenkorn, das einen Platz zum Anwurzeln sucht. Noch hatte sein Pinsel nicht die Wirkung, die erst der Ruhm gewährt, alles, was er berührte, in Goldeswert zu verwandeln, und der Maler war vergnügt, wenn nur das unbedingt notwendige Silber dabei zum Vorschein kam. Darum verbannte er die hochfliegenden Vorstellungen von einem mächtigen zwei Stock hohen Raum, angefüllt mit den kostbarsten alten Möbeln, Gobelins, Decken, Rüstungen und sonstigem Prachtgerümpel, an dem das Herz eines Malers hängt, und versuchte seine Wünsche mit seinen Mitteln in Einklang zu bringen. Doch auch den herabgestimmten Ansprüchen wollten die besichtigten Räume sich nur selten fügen, und wenn dies geschah, so waren es wieder die Mittel, die Einspruch erhoben. Endlich führte ihn sein guter Stern in eine stille Straße der Vorstadt, wo er an einem Hause einen Zettel fand:»Hier ist ein Atelier an einen ruhigen Herrn zu vermieten. Vier Treppen, bei Frau Springer.« Da ruhig zu sein seine Stärke war, so stieg er mutvoll hinan, um zum einundzwanzigstenmal sein Glück zu versuchen.

Eine mittelalterliche freundliche Frau öffnete ihm und führte ihn hinein. Der Raum gefiel ihm, obgleich er durchaus seinen mitgebrachten Vorstellungen nicht entsprach.»Es geht auch so,« sagte er zu sich, als er sich eine Weile umgeblickt hatte. Nachdem er mit den Augen alle seine Habseligkeiten zurechtgerückt und die Wände eilfertig anders tapeziert und dekoriert und sich selbst an der Staffelei behaglich malend vorgestellt hatte, fand er, daß dies Phantasiebild von angenehmer Wirkung sei, und, müde und matt vom langen Suchen, und innig froh, zur Ruhe zu kommen, ward er mit Frau Springer bald einig.

Die nächsten Tage gingen hin mit Einrichtung und Einräumung. Wolfgang Turnall war einer der Menschen, die das Bedürfnis haben, von vielen Gegenständen umgeben zu sein. Wäre ihm nicht durch seinen Geldbeutel oder durch wohlgemeinte Ratschläge Einhalt gethan, so hätte er sich, wie sein Freund Morbrand zu sagen pflegte, längst das letzte Loch zum Malen verstopft und wäre gezwungen gewesen, dies Geschäft außerhalb des Ateliers zu verrichten. Frau Springer geriet in unsägliches Erstaunen, als ihr Mieter mit seinem Hausrat zum Vorschein kam. Da waren Tassen, ausreichend für eine ganze Familie und von den verschiedensten Formen, alle behaftet mit irgend einem Etwas, das sie dem Auge des Malers wohlgefällig gemacht hatte, Eigenschaften, die sich allerdings oft dem hausmütterlichen Auge der Frau Springer gänzlich entzogen und nur zur Vermehrung ihres Erstaunens beitrugen. Da gab es Krüge, schlanke, gebrauchte und ringförmige, Krüge, deren Zwecke unbegreiflich waren und deren Formen ungefähr den Vorstellungen entsprachen, die man von einem Kruge haben könnte, der wahnsinnig geworden ist.»Um Gottes willen,« sagte die gute Frau, »Herr Turnau, wollen Sie denn aus allen diesen Dingern trinken?« und zugleich ging ihr eine beängstigende traumhafte Vorstellung durch den Kopf von einem gewaltsamen Riesendurst, der nur durch monumentale Mittel bekämpft werden kann.

Wolfgang lachte: »Ich habe sie um mich, diese Dinge,« sagte er, »ich umgebe mich mit ihnen, sie sind ein Teil meiner Behaglichkeit, Ruhepunkte für meine Augen.« Frau Springer schüttelte den Kopf. Dann kamen acht riesenhafte Arbeitsleute die Treppen hinaufgeschnauft mit einem uralten braunen Holzschrank. Ein imposantes Bauwerk, das bald in breiter Behaglichkeit auf vier schwarzen Kugeln, so groß wie Schulglobusse, dastand und sich nach Inhalt umsah. Dieser ward danach aus mehreren Kisten zum Vorschein gebracht. Die verschiedensten Volkstrachten und Gewänder, alles echt und teilweise sozusagen vom Leibe des Volkes gesammelt, getragenes Zeug aller Art, das sich durch einen geheimnisvollen, dem profanen Auge durchaus verborgenen malerischen Reiz auszeichnete, und dergleichen mehr. Während aller dieser Vorgänge hatte sich zuweilen ein neugieriger Mädchenkopf an der Thür gezeigt, immer ein wenig dreister. Endlich stand ein dreizehnjähriges Springerchen mit ein paar dunklen Zöpfen hinter seiner Mutter und schaute mit neugierig klugen Augen hervor. Wolfgang bemerkte dies, als er zufällig aufblickte. »Dies ist meine Tochter Helene,« sagte die Frau. Das Springerchen legte seinen Kopf auf die Schulter, versuchte vergeblich seine Hände irgendwo passend unterzubringen und fand schließlich in der blaubeschleiften Spitze seines Zopfes ein alle übrigen Interessen scheinbar absorbierendes Objekt der Betrachtung. Dieser Zustand dauerte jedoch nicht lange, denn Wolfgang verstand es, solchen Zauber zu lösen. Ein Scherz von ihm, ein halbes Abwenden des Mädchens, dann eine kecke Antwort, scheinbar an eine imaginäre Person in der anderen Stubenecke gerichtet, noch ein kleines Wortgeplänkel und es dauerte nicht lange, da stand sie schon an einer der Kisten und reichte Wolfgang die Kleidungsstücke hin, die er in dem unersättlichen Bauche des Schrankes verschwinden ließ. Sie wich auch nicht eher, bis unter vielem Erstaunen und mancher wunderlichen Frage der bunte und absonderliche Inhalt dieser Malerwerkstatt vollzählig geworden war. Die Mutter dagegen verschloß in verschwiegenem Sinn einige unliebsame Vergleiche mit einem Trödlerladen und gestand sich ein, daß sie sich Thatsachen gegenüber befände, für die sie keinen Maßstab besitze.

Diese Meinung wurde im Lauf der Tage, als die unermüdlich ordnende Hand Wolfgangs Harmonie aus diesem Chaos geschaffen hatte, allerdings einigermaßen erschüttert, und am Ende mußte sie eingestehen, daß dieser Musik von Farben und Formen ein eigener behaglicher Reiz innewohne, von dem sie in ihrer nüchternen farblosen Tüllgardinen- und Tapetenmusterexistenz zuvor keine Ahnung gehabt hatte. So fand Wolfgang Turnau sein Atelier und Frau Springer ihren ersten Mieter, und beide sahen mit heiterer Ruhe der Zukunft entgegen.

II. Zeichenstunde.

Sie aber ließ die Zöpfe fliegen,
Und lachte alle Weisheit aus! . . .
Th. Storm.

Die gute Frau gewöhnte sich bald an ihren Mieter, und es entstand ein ganz behagliches Verhältnis gegenseitiger Wertschätzung. Sie übernahm die Sorge für die Wäsche und Garderobe ihres Einwohners und dieser sonnte sich seit langem zum erstenmal wieder in dem wohlthuenden Sicherheitsgefühl, das vollzählige Knöpfe, undurchlöcherte Strümpfe und Röcke mit Henkeln gewähren. Außerdem besaß diese Frau die seltene Gabe, fremde Ordnungssysteme zu achten und deren Idee aufzufassen; jener brutale rechtwinkelige Aufräumefanatismus, eine der traurigsten Verirrungen des menschlichen Geistes, war ihr fremd. Wolfgang empfand das Bedürfnis einer Gegenleistung für so viel seltene und unschätzbare Wohlthat und erbot sich eines Tages dazu, die kleine Helene im Zeichnen zu unterrichten. Dieser Vorschlag ward von der Mutter mit großem Dank, von der Tochter mit sehr zweifelhaften Gefühlen entgegengenommen, denn sie witterte hierin mit Recht neue Stunden ärgerlichen Stillsitzens, von denen ihr das Schicksal nach ihrer Meinung schon mehr als zu viel verliehen hatte. Doch alles Sträuben half nichts, die Sache nahm ihren Anfang und fraß in die schönen schulfreien Oasen der Mittwoch- und Sonnabendnachmittage eine garstige kleine Oede hinein. Eines Tages kam sie schon am Morgen während der Schulzeit mit der Zeichenmappe in der Hand.

»Was ist das?« fragte Wolfgang, »nicht zur Schule?«

»Wir haben heute frei bekommen,« war die Antwort, »der Schulofen ist geplatzt.«

»Ein freudiges Ereignis auf dunklem Hintergrunde,« sagte Wolfgang, »doch

›Die Elemente hassen
Das Gebild der Menschenhand.‹

Du wärest nun wohl lieber in der Schule geblieben und hättest ›aimer‹ gelernt?«

»Ach,« sagte sie wegwerfend – »aimer! Wir haben jetzt eine Grammatik, darin ist alles französisch, das Deutsche auch – aimer – da war ich acht Jahre alt, als ich das lernte.«

»Frühreife Jugend,« lachte Wolfgang, »aber nun, warum so verdrießlich?«

»Ja, ich möchte heute nachmittag meine beste Freundin besuchen...«

»Allerdings ein trauriger Fall!«

»Pfui, Sie lassen mich nie ausreden... und da meinte meine Mama, ich möchte Sie bitten, ob ich die Zeichenstunde nicht heute morgen bei Ihnen haben dürfte.« Dabei schwenkte sie die Mappe ein klein wenig an den Bändern hin und her und starrte in eine Ecke mit der Miene eines Menschen, der alle seine irdischen Hoffnungen zu Grabe getragen hat.

»Gewiß, jawohl!« sagte Wolfgang belustigt, »wir können diesen Trauerfall sofort erledigen. Dort ist ein Tisch, hier ist ein Stuhl, es kann sofort beginnen.« Helene seufzte ein wenig und ging dann langsam an den Tisch.

»Es ist ja gar kein Platz da,« sagte sie, indem sie anfing, eine Ecke abzuräumen. Dies Geschäft ging sehr langsam von statten, jedes Ding, was ihr in den Weg kam, schien heute von einer außerordentlichen Merkwürdigkeit und wurde einer eingehenden Betrachtung wert gehalten. Endlich waren jedoch die Vorbereitungen beendigt, sie setzte sich mit einem hörbaren Ruck und einem kleinen Seufzer nieder und versank in die Betrachtung der Wolken, die an dem großen Atelierfenster weiß und sonnig vorüberzogen.

»Nun wollen wir einmal sehen, was wir unterdes gemacht haben!« sagte Wolfgang und schlug das Zeichenheft auf. »Himmel, was für Baumschlag, lauter Brezeln und Theekuchen! Und dieser würdige angelnde Greis, ganz aus Semmelteig gebacken! Mädchen, mußt du alle deine Formen aus dem Bäckerladen nehmen?«

Es ging etwas wie Sonnenschein über Helenens Gesicht.

»Der Bäcker unten im Hause hat heute ganz frische Windbeutel,« sagte sie.

»Selbst Windbeutel!« meinte Wolfgang lachend. Dann machte er sich daran, den Baumschlag zu entbrezeln und dem unglücklichen Semmelmann ein menschliches Aussehen beizubringen. Danach kehrte er an seine Staffelei zurück und die Zeichenstunde nahm ihren Fortgang. Man konnte kaum sagen Fortgang. Es gab so viele tausend Dinge in der Welt, die unendlich viel mehr Interesse darboten, als der langweilige alte Mann aus der Vorlage, der ewig auf der Brücke stand und angelte. Da war zum Beispiel eine Fliege, die von der Winterkälte schon so matt geworden war, daß sie sich ruhig von einem Finger auf den anderen setzen ließ. Diese Zahmheit war bewunderungswürdig. Das zutrauliche Haustier in eine Nußschale zu setzen und spazieren zu fahren, gab ein neues und intensives Vergnügen, das ebenfalls fünf Minuten in Anspruch nahm. Aber die Fliege nahm einen Aufschwung und flog fort gegen das Fenster. Da waren nun wieder die Wolken und zogen schimmernd vorüber. Es sieht sich so gut in die Wolken, wenn man die Ellbogen aufstützt und mit den Beinen dazu baumelt. Da war eine, die hatte ein Gesicht, wie die alte Schulmamsell mit der großen Flügelhaube und der Warze auf der Nase. Die Wolke schob und dehnte sich und nun war es ein Kamel, die Nase ward zum Höcker und die Warze zum Affen darauf. Dann war es manchmal wieder, als müsse zwischen den weißen Wolkenballen, wo das Blau hervorschimmerte, ein lichtes Antlitz hervorschauen und freundlich herniedernicken.

Ein Mahnruf von Wolfgang schreckte sie auf und trieb sie an die vernachlässigte Arbeit. Wenn ihr nur nicht der Zopf in die Quere gekommen wäre. Seine Spitze war aufgegangen und eine Beseitigung dieser Unordnung war heilige Pflicht, die allem vorging. Dabei erschien ihr die Aehnlichkeit dieser Zopfspitze mit einem Pinsel höchst bemerkenswert und einer näheren Untersuchung würdig. Ein in der Nähe befindlicher Tuschnapf und ein Blatt weißen Papiers leisteten diesem Forschungstrieb Vorschub, und das Resultat war ein schauderhaftes mit der Zopfspitze gemaltes Männerantlitz, das selbst durch die darunter angebrachte deutliche Unterschrift nicht bewogen werden konnte, die gewünschte Aehnlichkeit mit Wolfgang anzunehmen.

Daß bei allen diesen wichtigen Nebendingen die Hauptsache kläglich beeinträchtigt wurde, ist wohl nicht zu verwundern, und selbst ein durch das drohende Gewissen wachgebissener Schlußeifer vermochte um so weniger die zeichnerische Arbeit zu fördern, als sich dieser verspätete Fleiß auf ganz verwerfliche Dinge richtete, die auf der Vorlage gar nicht vorhanden waren. Es kam ihr nämlich die Eingebung, daß diese Landschaft durch die Anbringung einer Pumpe um ein Unendliches zu verschönern sei. Es ist zu bemerken, daß alle Kinder in ihren freien Zeichenübungen eine Leidenschaft für rauchende Schornsteine, Storchnester und Pumpen haben, so daß diese drei Dinge selten auf ihren primitiven Landschaften vermißt werden.

Mitten im Wege, jeglichen Verkehr über die Brücke grausam verhindernd, ward das monströse Bauwerk aufgeführt, ein Hohn auf die Gesetze der Perspektive und ein Faustschlag in das Antlitz der Naturwahrheit.

Wolfgang ward der stille Eifer seiner Schülerin verdächtig, er trat hinter sie und sah mit Entsetzen das Entstandene. »Nun sage einmal, was ist das?« fragte er.

»Eine Pumpe,« war die entschieden Antwort.

»Ein Ungeheuer, ein Turm zu Babel, ein Leuchtturm mit einem Schwengel dran!« sagte Wolfgang, »danken wir dem Himmel, daß er den Gummibaum erschuf – weg damit!«

»Ach,« meinte Helene, »darf ich sie nicht stehen lassen, es ist ja doch nur eine Zeichnung?«

Der Maler war entwaffnet. »Na, meinetwegen,« sagte er, »male nur noch ein Krokodil mit sieben Jungen dazu.« – »Ach ja,« fügte Helene freudig ein –, »dann kannst du es als abschreckendes Beispiel in einen Goldrahmen fassen lassen, und die Fliegen werden es alsdann schon auf ihre Weise kritisieren. Aber für heute wollen wir aufhören; die Krokodile kommen das nächste Mal. So, nun kannst du mir einen Kuß geben und zur Mutter gehen.« Helene sagte, das würde sie nie thun, dann that sie es doch, schlug ihn mit dem Zopf und lief zur Thür hinaus.

Wolfgang kehrte an seine Staffelei zurück, betrachtete sein Bild und fing an, aus der Palette einen Ton zu mischen. Seine Gedanken schienen nicht bei diesem Geschäfte zu sein, denn als er diesen Ton endlich genauer ins Auge faßte, war es ein scheußliches Graugrün, das mit seinem Bilde in gar keinem Zusammenhang stand. Er lachte vor sich hin. Dann faßte er die Summe seiner Gedanken in das eine Wort »Blitzkröte« zusammen und vertiefte sich wieder ernsthaft in sein Bild.

III. Zwischenreich.

Der Winter ging und der Frühling kam ins Land. Eine kleine Kohlmeise saß in der großen Schwarzpappel, und bis in das Atelier hörte man ihren hellen Ruf: »Ich bin da! Ich bin da!« Aber die fröhliche Stimme in den Räumen des Ateliers war verstummt; das kleine Springerchen war fort. Im fernen Ostpreußen hatte Frau Springer »einen Bruder zu wohnen«, der Prediger war. Ein langgehegter Plan, die kleine Helene zu ihrer Konfirmation dorthin zu geben, war jetzt zur Ausführung gelangt. Später sollte sie noch einige Jahre dort bleiben, um in die Geheimnisse der Kochkunst, das Mysterium der Butterbereitung und sonstige Künste der Haushaltung eingeweiht zu werden.

Nun kam niemand mehr zu Wolfgang, der um ihn herum schwatzte und plauderte wie ein kleiner Vogel. Manchmal ertappte er sich über dem Gefühl, daß ihm etwas fehle und daß es unerträglich still um ihn sei. Heute war es wieder so, und als er die kleine Meise draußen hörte, ging er auf Fenster und schaute in den mächtigen Wipfel der Pappel, die fast bis zu ihm hinaufreichte. Da saß das kleine Tierchen und pinkte seine drei Töne so andächtig, als sei es das schönste Lied. Dann flog es zu einem anderen Zweig, häkelte sich von unten an und visitierte behend und zierlich Knospen und Kätzchen, und ließ zuweilen sein klares Pink ertönen, und so von Zweig zu Zweig, kopfoben, kopfunten, und spähte hier und pickte da, flink und unermüdlich. Endlich saß es wieder und sang: »Ich bin da! ich bin da!« und dann flog es fort, hinaus in den Sonnenschein.

»Adieu, Springerchen,« sagte Wolfgang unwillkürlich und kehrte ganz nachdenklich an seine Staffelei zurück. Aber die Zeiten vergehen und die Stimmungen mit ihnen. Bald dachte Wolfgang kaum noch an die kleine Helene, um so mehr, als in seiner äußeren Lage eine Wendung eintrat, die seine Stimmung erheiterte und viel fröhliche Arbeit mit sich brachte. Er gehörte zu den Künstlern, die unbekümmert die eigenen Wege gehen, ohne viel zu fragen nach Beifall und Zustimmung der Menge, und er besaß die stille Zähigkeit, die ohne geniale Sprünge, aber auch ohne Unterlaß nach Vollendung strebt. So hatte er ziemlich unbeachtet weiter gearbeitet und die Keime, die die Natur ihm verliehen, still gezeitigt und gefördert, bis eines Tages der Augenblick kam, wo die Welt erstaunt stillstand vor einem ganz eigenartigen und fertigen Talent, dessen allmähliches Werden ihr ganz entgangen war. Auf einer der großen Kunstausstellungen ward er plötzlich »entdeckt«, und die Kritik hatte nichts Eiligeres zu thun, als zu versichern, daß sie bereits seit längerer Zeit dem Streben dieses eigenartigen Künstlers mit Interesse gefolgt sei, ein Interesse, das sie, wie Turnau selber am besten wußte, bis jetzt jedenfalls ängstlich geheim gehalten hatte.

Seine sinnige und beschauliche Natur hatte ihn zu Darstellungen geführt, die dem Stillleben nahe verwandt erscheinen. Der Ausdruck seiner Bilder war das reine Behagen an einer künstlerisch verschönerten Häuslichkeit; seine Liebhaberei für schöne Stoffe, Waffen und andere Erzeugnisse der Kunstindustrie stand damit im engsten Zusammenhang. Eine einzelne Person in entsprechender Umgebung war gewöhnlich der Inhalt dieser Darstellungen, etwa eine Frau aus der Renaissancezeit, die in einem schön geschnitzten Schrank kostbare Geräte ordnet, oder ein Kunstliebhaber in der formen- und farbenreichen Unordnung seines Arbeitszimmers mit dem Studium eines schönen alten Kruges beschäftigt, oder eine altertümliche Trinkstube, in der ein einsamer Kenner mit wissenschaftlichem Ernste in die Geheimnisse eines besonders vorzüglichen Jahrganges zu dringen sucht, und dergleichen mehr. Diese Bilder drängten sich nicht auf, aber hatte man sie entdeckt, so kehrte man immer mit Liebe und Behagen wieder zu ihnen zurück. Es waren Darstellungen, die in hohem Maße geeignet waren, zum täglichen Verkehr mit ihnen in einem wohleingerichteten Zimmer zu hängen. Gewaltige Vorgänge, ergreifende Schilderungen gehören an besondere Orte, in die bestimmte Umgebung; im kleinen Zimmer ermüdet es bald, Affekte und Leidenschaften vor sich zu sehen, die sich niemals verändern, und man fängt bald an den Mann zu bemitleiden, der ewig mit der Gebärde des Zornes den Arm zu erheben genötigt ist, und die arme Frau, die der Maler gezwungen hat, bis an das Ende aller Dinge auf den Knieen zu liegen und um Mitleid zu flehen.

Die wohlthätigen Folgen dieser angehenden Berühmtheit blieben nicht aus, sie zeigten sich zuerst daran, daß kostbarere Stoff und schönere Geräte in das Atelier einkehrten, und der Raum zum Malen noch ein wenig knapper wurde. In einem neu erworbenen Schreibschrank von eingelegter Arbeit entdeckte Wolfgang eines Tages, als er das Innere genauer untersuchte und dabei ein verborgenes Knöpfchen berührte, ein geheimes Fach, und sein Behagen daran wurde noch dadurch vermehrt, daß er jetzt in der Lage war, diese Einrichtung mit Vorteil benutzen zu können. Einige angenehme bunte Papiere wurden sofort darin untergebracht. Es gewährte ihm ein besonderes und ungekanntes Vergnügen, nach Ablauf des ersten halben Jahres an diesen Papieren mit der Schere eine höchst angenehme Geldschneiderei vorzunehmen. Für ihn, der noch niemals im dauernden Besitz einer größeren Summe gewesen war, hatte es anfangs fast etwas Komisches, daß in jenem verborgenen Fach Dinge lagen, die ohne das geringste Zuthun von seiner Seite still und friedlich weiter heckten, so daß, wenn sie reif waren, man die Thaler von ihnen abschneiden konnte, wie die Traube vom Stock.

So lebte Wolfgang behaglich dahin, malte im Winter emsig und liebevoll seine Bilder und verwirklichte im Sommer langgehegte Reisepläne, die wohlgefüllte Skizzenbücher und wieder Stoff zu Bildern für den nächsten Winter lieferten.

Jedes Künstlerleben ist ein Bienenleben und besteht aus Einsaugen und Honigbereiten. Einsaugen thun sie alle den süßen Blumensaft des Lebens, der Schmetterling, der Käfer und die fleißige Ameise, allein nur die Biene versteht es, das klare, durchsichtige Kunstwerk des Honigs daraus zu bilden.

So gingen die drei Jahre und einige Monate vorüber, nach deren Ablauf Helene wieder zu ihrer Mutter zurückkehren sollte. Drei Jahre sind im Leben eines Kindes, das zur Jungfrau wird, eine lange Zeit, eine Zeit, in der verborgene Keime aufgehen und ungeahnte Knospen sich erschließen.

IV. Verwandlung.

Sie war doch sonst ein wildes Kind . . .
Th. Storm.

Eines Tages war Helene wieder da, allein ihre Anwesenheit machte sich für Wolfgang weniger bemerklich, als er eigentlich gedacht hatte. Als er ihr zum erstenmal in Erinnerung der heiteren Vorzeit mit einem fröhlichen Scherz entgegentreten wollte, hielt er betroffen inne, denn er sah mit einemmal, daß solche muntere Vertraulichkeit nicht mehr am Orte sei. In seinem Gedächtnis war noch immer der bezopfte Wildfang und das vertrauliche Du, und nun sah er sich plötzlich einem schönen Fräulein gegenüber, das nur sehr wenig Erinnerung für die Vergangenheit zu haben schien und unbedingt mit Sie angeredet werden mußte. Dieser unvorhergesehene Plural verwirrte ihn, so daß die Begrüßung unter diesen Umständen ziemlich steif und förmlich ausfiel.

Im allgemeinen machte dies Ereignis aber wenig Eindruck auf ihn. Er erinnerte sich, daß aus den buntesten Raupen oft sehr ernsthaft gefärbte Schmetterlinge hervorgehen, und daß die heitere bewegliche Kaulquappe sich in einen nachdenklichen kleinen Frosch verwandelt. Dies burleske Gleichnis erheiterte ihn ein wenig, und dann wurde der Künstler in ihm lebendig, indem er sich überlegte, in welchem Zeitkostüm Helene wohl am besten zu malen sei. Wäre sie gewesen, wie sie in seiner Vorstellung lebte, so hätte sie einzig allein in dem koketten Rokokokostüm dargestellt werden müssen, in einem großblumigen Schäferanzuge mit zierlichen Stöckelschuhen. Die dunklen lachenden Augen hätten einen hübschen Kontrast gebildet zu dem weißen gepuderten Haaraufbau. Dies war nun nicht mehr möglich, allein es ging ihm eine andere Vorstellung durch den Kopf. Sollte man nicht auf die vielen blonden Gretchen auch einmal ein dunkelbraunes folgen lassen. Eine Abwechselung that wirklich einmal not. Er sah ein altertümliches Zimmer vor sich mit vielem sauberen blanken Gerät, geblümten Tassen und Krügen. Durch die grünlichen runden Butzenscheiben des Fensters fällt ein heller Lichtstreif auf Gretchen, die im Begriff, einen alten Eichenschrank zu öffnen, in Nachdenken versunken ist und sinnend vor sich hinsieht.

»Jedenfalls werde ich ihr Porträt malen,« schloß er diesen Gedankengang und kehrte an seine unterbrochene Arbeit zurück.

Dieser Plan wurde fürs erste nicht ausgeführt, indem andere Arbeiten alle Zeit verzehrten. Auch sah Wolfgang das junge Mädchen sehr selten und wurde durch nichts an ihre Gegenwart erinnert, so daß er seinen Vorsatz fast ganz aus dem Gedächtnis verlor. Die Idee zu dem Gretchenbilde gedieh zu einer Oelskizze und wurde in dieser Form beiseite gestellt.

V. Das Bild.

Als ich da nach Malersitten
Bei den Augen nun begann,
War es wieder ganz notwendig,
Daß wir uns ins Auge sahn.
Reinick.

Der Ruhm hat seine Dornen. Die schöne Einsamkeit und die beschauliche Stille des Ateliers ward jetzt häufiger durch Besuche
gestört, und besonders das Bewunderungsgeschwätz und ästheti-
sche Gezwitscher kunstliebender Damen verwässerte und verdarb
manch schöne Morgenstunde. Zuweilen waren diese Besuche allerdings angenehmer Art und manchmal gingen sogar erfreuliche
Bestellungen daraus hervor. Eines Morgens kam ein Kunstliebhaber
aus der Provinz, dem man Wolfgangs letztes Bild, das er zu kaufen
beabsichtigte, vor der Nase weggeschnappt hatte, und wünschte ein
Gemälde zu bestellen, denn der verfehlte Kauf hatte ihn in Feuer
versetzt. Wolfgang legte ihm verschiedene Entwürfe vor, und der
alte Herr begeisterte sich so für die Gretchenskizze, daß er über
deren Ausführung bald mit dem Maler einig ward. Infolgedessen
ward diesem der Wunsch wieder rege, Helenens Porträt zu malen,
und er teilte Frau Springer diese Absicht mit. Die gute Frau zeigte
eine merkwürdige Abneigung gegen diesen Plan. Sie hatte einen
intensiven Haß auf die emanzipierten jungen Damen geworfen, die
zuweilen in das Atelier des Malers kamen, um ihm für seine Bilder
als Modelle zu dienen. Ihr die Notwendigkeit dieser Einrichtung
einleuchtend zu machen, war ganz unmöglich. Sie wies dann je-
desmal auf die lebensgroße Puppe hin, die mit den nötigen Kleidern
angethan zur Aushilfe diente, und ließ sich nicht begreiflich machen, daß die höchst moralischen, mit Werg ausgestopften Glieder
dieses Phantoms für die Zwecke des Malers nicht ausreichen sollten. Dieser Wurm fraß schon lange an ihrem Herzen, und nun witterte sie bei dem Antrage Turnaus verbrecherische Absichten und

19

ließ sich nur mit großer Mühe dazu bewegen, ihre Einwilligung zu geben. Daß die Sitzungen nur in ihrem Beisein stattfinden konnten, war natürlich eine selbstverständliche Sache. Es wurde eine bestimmte Tagesstunde dazu angesetzt und die Geschichte nahm ihren Anfang. Die erste Entdeckung, die Wolfgang machte, war, daß Helene sehr merkwürdige Augen hatte. Es geschieht einem lustigen Waldquell wohl, daß er nach ausgelassenem Tanzen und Plätschern in einer kleinen Bodensenkung sich ausbreitet und mit klarem Spiegel zum Himmel aufschaut, als wüßte er nichts mehr von all dem fröhlichen Thun. Aber kaum setzen wir den Fuß ein wenig weiter, da tanzt er wieder doppelt so lustig über die Steine davon. Wolfgang merkte bald, diese dunklen Augen konnten noch ebenso übermütig funkeln wie ehedem, aber sie schauten nicht mehr so unbefangen wie damals, und die langen Wimpern senkten sich oftmals vor seinen forschenden Blicken.

Die Vollendung des Bildes zog sich sehr in die Länge. Außerdem daß wegen sonstiger dringlicher Arbeiten nur eine kurze Zeit täglich zur Verwendung kam, konnte sich Wolfgang nicht genug thun und wendete immer mehr Fleiß und Mühe an diese Arbeit. Die Stunde, in der er an dem Porträt malte, wurde ihm mit der Zeit zu der liebsten des Tages. Mutter Springer, deren argwöhnisches Gemüt sich allmählich beruhigt hatte, saß so behaglich in einem großen Polsterstuhl aus dem siebzehnten Jahrhundert und strickte und plauderte, was der Geist ihr eingab, und zwischen Wolfgang und Helene fanden zuweilen kleine lustige Wortgeplänkel statt, die oft zu der heitersten Stimmung führten. Ein Atelier hat zwar keinen Sonnenschein, allein manchmal war es dem Maler doch, als sei in solchen Stunden ein freundliches Licht über alle Dinge gebreitet.

VI. Wetterwolken.

Als das Porträt seiner Vollendung nahe war, trat Frau Springer eines Morgens bei Wolfgang ein, um ihm nach gewohnter Weise das Frühstück zu bringen. Dieser beachtete sie nicht weiter, weil er ganz in sein Gretchenbild vertieft war und dazu mit großer Kunstfertigkeit und begeistertem Nachdruck pfiff. Aber Frau Springer hatte heute so etwas Bemerkliches an sich. Sonst bei ähnlichen Gelegenheiten kam und verschwand sie wie der dienstbare Geist im Märchen, so daß Wolfgang später beim Aufblicken in Verwunderung geriet, wo denn mit einemmal das Frühstück hergekommen sei. Aber heute fiel es ihm bald auf, daß sie da war. Sie hatte so etwas Kurzes in ihrem Schritt, und ein geflissentliches Wesen ging von ihr aus, das Wolfgang im Nachdenken störte. Die Teller klapperten so herausfordernd, als sie sie ordnete, und dann ging sie noch nicht gleich, sondern seufzte zwischen den Möbeln herum, wischte Dinge ab, auf denen kein Staub lag, und rückte Stühle zurecht, die schon so richtig standen, daß man durch siebenjähriges Nachdenken keinen besseren Platz für sie hätte ersinnen können.

Wolfgang merkte endlich, daß sie ein Gespräch herbeizuführen wünschte, schloß seine Musik mit einem wunderschönen Triller und einer überaus künstlichen Kadenz, sah hinter seinem Bilde hervor und fragte: »Na?«

Frau Springer erschrak über die plötzliche, noch nicht erwartete Anrede, denn sie rieb gerade in ihren verzehrenden Gedanken einen polierten Metallgriff, der schon so blank war, daß er Feuerfunken von sich warf: »Das Frühstück . . .« sagte sie verwirrt.

»Jawohl,« meinte Wolfgang zerstreut, indem die Augen wieder an seinem Bilde hingen.

Die Frau faßte sich ein Herz: »Ich habe eine Frage, Herr Turnau,« sagte sie.

Dieser pfiff zur Antwort eine Jagdfanfare von dem Inhalt: »Heraus damit, ich bin ganz Ohr.«

»Ach bitte, Herr Turnau,« sagte sie verzweifelt, »lassen Sie doch das gottlose Pfeifen, es ist mir sehr ernst.«

Wolfgang blickte sie erwartungsvoll an.

»Kennen Sie Fräulein Iduna Schlunk?« fragte sie.

»Jawohl,« versetzte Wolfgang, »sie frönt der Blumenmalerei!«

»Sie soll sehr schön malen,« sagte Frau Springer, »Herr Registrator Schwamm hat es gesagt.«

»Ja meinetwegen,« brummte Wolfgang, »es gibt ja auch Tiere, die Disteln fressen.«

Frau Springer hatte ein Federbüschel ergriffen und stäubte dem Apoll von Belvedere die Nase ab: »Sie war gestern bei mir,« bemerkte sie, ohne Wolfgang anzusehen. »Sie sucht ein Atelier. – Sie meinte, Sie würden bald ausziehen. – Der Raum wäre für Sie zu klein, hat sie gesagt. – Sie scheint mir eine gesetzte, angenehme Dame zu sein. Zuletzt hat sie mich gefragt, ob sie das Atelier bekommen würde, wenn Sie auszögen, na, ich hätte nichts dagegen, habe ich gesagt.«

»Hoho,« meinte Wolfgang, »da kann sie lange warten.«

»Ich hätte doch beinahe Lust, ihr das Atelier zu vermieten,« sagte Frau Springer mit sanfter Entschiedenheit.

»Nur über meine Leiche geht der Weg,« rief Wolfgang, »wenn diese edle Dame wiederkommt, dann sagen Sie ihr: ›Mein verehrtes Fräulein, ich beherberge in diesen Räumen einen jungen Mann von den außerordentlichsten Talenten, einen jungen Mann, den ich achte wegen seiner Kenntnisse, den ich liebe wegen seiner Eigenschaften, den ich verehre wegen seines Charakters, – kurz, einen jungen Mann von höchst musterhafter Vorzüglichkeit, von dem ich mich niemals – niemals trennen werde.‹«

»Ach, Herr Turnau, Sie scherzen noch immer,« sagte die Frau, »es ist ganz gewiß mein entschiedener Ernst!«

Wolfgang sah sie verwundert an: »Dies sieht ja aus wie eine Kündigung! – und weshalb denn? Mir ist das Atelier groß genug. Und wenn es mir behagt, in einer Nußschale zu malen, so ist das doch allein meine Sache!«

»Ja, Herr Turnau,« sagte sie, »dagegen kann man gar nichts haben, und ich will es nur frei heraus sagen, es ist wegen der Modelle. Diese Menschen, die zu Ihnen ins Atelier kommen – von den Männern will ich gar nichts sagen, aber die Mädchen. Neulich war da wieder so eine; sie hatte so einen kecken Hut auf und sang auf der Treppe, und den Herrn Registrator Schwamm, den hat sie mit ein paar Augen angesehen – er sagte nachher zu mir, es wäre ein Skandal und für ihn als einen verheirateten Mann schicke es sich gar nicht, sich so ansehen zu lassen! Fräulein Schlunk malt Blumen, da kommt dergleichen nicht vor, und da bin ich denn mit ihr einig geworden, daß sie zum ersten März hier einzieht.«

Wolfgang kam es noch immer nicht in den Sinn, an wirklichen Ernst in dieser Angelegenheit zu glauben. Frau Springer hatte allerdings eine sehr eigentümliche und entschiedene Art, diesen Spaß zu betreiben, allein er hatte schon manche Schrulle der guten Dame hinweggescherzt. Sie gehörte zu den Frauen, die das Bedürfnis haben, sich von Zeit zu Zeit begütigen zu lassen.

»O liebe Frau Springer,« erwiderte er, »ich glaube, Sie haben sich noch gar nicht ordentlich überlegt, was Sie da sagen. Haben Sie wohl schon an die Zukunft gedacht? Es ist Ihnen wohl nicht in den Sinn gekommen, daß es eine Nemesis gibt, und daß Sie auch einmal in die Kunstgeschichte kommen. Und dem gelehrten Professor, der einst mein Leben beschreibt, dem werden sich vor sittlicher Entrüstung die wenigen Haare emporsträuben, wenn er an das Kapitel ›Frau Springer‹ kommt. Er wird es Ihnen niemals verzeihen, daß Sie die waren, die den berühmten Wolfgang Turnau, den göttlichen Wolfgang Turnau aus dem Hause geworfen hat. Die schaudernde Nachwelt wird Ihr Verfahren schon zu richten wissen, und wenn dann die Engländer und Engländerinnen kommen, um sich den Ort anzusehen, wo diese grausame That geschehen ist, da werden sie ein rotes Ausrufungszeichen der Entrüstung machen in ihrem Murray und › shocking‹ werden sie sagen, › indeed shocking‹ und Ihr Andenken, Frau Springer, wird verflucht sein bei allen Nationen!«

Aber die gute Frau schien nicht den geringsten Wert auf die Meinung der richtenden Nachwelt zu legen, denn sie schüttelte diese Mahnworte wie Regentropfen von sich und blieb fest. Turnau schwor, er würde nicht ausziehen, er würde sich verbarrikadieren und sein Leben teuer verkaufen. Er machte sie aufmerksam auf die Menge Harnische, Armbrüste, Morgensterne, Schwerter, Arkebusen, Dolche und Reiterpistolen, die sein Atelier beherbergte, er erinnerte sie daran, daß selbst die scheue Gemse den Jäger in den

Abgrund rennt, wenn ihr kein anderer Ausweg bleibt, aber Frau Springer schüttelte nur den Kopf und blieb fest.

Dahinter steckte etwas anderes; dies ward ihm allmählich klar. Er gab den scherzhaften Ton auf und fragte die Frau allen Ernstes nach dem wahren Grunde der Kündigung. Sie wollte nicht mit der Sprache heraus und versteckte sich hinter die zu Anfang der Unterredung erwähnten Motive. Im Laufe des Gespräches und des fortwährenden Abstäubens hatte sie indes mehrfach den Ort gewechselt und bekam nun mit einemmal das Gretchenbild, auf das sie zuvor niemals einen Blick geworfen hatte, zu Gesicht. Sie starrte eine Weile sprachlos auf die Leinwand.

»Herr Turnau, das Bild dürfen Sie nicht verkaufen!« sagte sie dann.

»Warum nicht?« fragte Turnau verwundert.

»Ich will es nicht haben,« sagte sie, »ich will nicht, daß meine Tochter noch mehr ins Gerede kommt, als es schon der Fall ist. Das Mädchen auf dem Bilde sieht leiblich aus wie meine Helene, und ich will nicht, daß die Leute sagen, sie hätte Ihnen Modell gestanden. Es wird ohnehin schon dergleichen geredet.«

»Hier wittere ich die Spuren von Iduna Schlunk!« rief Wolfgang schnell, »nun verstehe ich alles!«

»Ja, Fräulein Schlunk hat es mir erzählt, daß die Leute darüber munkeln, daß Sie ein Verhältnis mit meiner Tochter hätten, und daß sie Ihnen Modell stünde, und damit solches Gerede aufhört, müssen Sie ausziehen. Daran ist nichts zu ändern und es bleibt dabei.« Damit, um jede fernere Erwiderung abzuschneiden, verließ sie schnell das Zimmer.

Wolfgang blickte ihr stumm nach, schüttelte den Kopf und setzte sich dann mechanisch an das bereitstehende Frühstück. Mit merkwürdiger Schnelligkeit verschwand dasselbe zwischen seinen fleißigen Zähnen. Allein sein Blick war bei dieser Arbeit fast immer auf jenen imaginären Punkt in der unendlichen Ferne gerichtet, den wir aufzusuchen pflegen, wenn das Gehirn mit verzehrender Gedankenarbeit beschäftigt ist. Und wenn er sein Leben hätte dadurch retten können, es wäre ihm eine Viertelstunde nach dem Frühstück nicht mehr möglich gewesen, zu sagen, was er gegessen hatte.

VII. Benno Bach.

Schnurrbartsbewußtsein trug und hob den ganzen Mann,
Und glattgespannter Hosen Sicherheitsgefühl.

Mörike.

Wolfgang stand am Morgen des anderen Tages in seinem Atelier und rückte das seiner Vollendung nahende Porträt ins rechte Licht. Er hatte gestern den Kampf mit Frau Springer noch einmal wieder aufgenommen, allein es wäre ihm wohl eher gelungen, den Nordpol mit einem Wachslicht aufzutauen, als das gepanzerte Herz dieser Frau zu erweichen. Sie war arm und hatte nichts als ihre Tochter und ihre Ehre. Das Gift, das Iduna Schlunk in ihr Ohr geträufelt hatte, zehrte und fraß, denn sie wußte, daß der Makel der Verleumdung haftet wie ein Brandfleck auf weißer Leinwand. In ihr ängstlich sauber und rein gehaltenes Leben hatte man mit schmutzigen Fingern hineingetastet, und obgleich sie keinen Groll auf Wolfgang hegte, der ja nur die unschuldige Ursache dieses Jammers war, so mußte er doch fort, damit der Verleumdung ihre Grundlage genommen würde. Am liebsten hätte sie ihn angefleht, daß er schon morgen ginge. Das Einzige, was dieser noch hatte von ihr erreichen können, war, daß sie die Vollendung des Porträts, wozu nur noch eine Sitzung erforderlich war, gestattete, auch hatte sie sich über das Gretchenbild beruhigt, nachdem Wolfgang ihr versprochen hatte, es in der Stadt nicht ausstellen zu wollen, und nachdem er ihr eine wunderliche Schilderung von der abgelegenen, moosbewachsenen Provinzialstadt, die dem Besteller zum Wohnsitz diente, entworfen hatte, wo das Bild aus der Welt sei und vor den Blicken unziemlicher Neugier verborgen.

Er stand jetzt und bereitete sich für die Sitzung vor, und die Gedanken, die sein Gemüt in den letzten Stunden bewegt hatten, durchgaukelten in unruhigem Tanze sein Gehirn. Das Ereignis des vorhergehenden Tages berührte ihn tiefer, als er es für möglich gehalten haben würde. Aus aller Ruhe und Behaglichkeit war er plötzlich herausgeschreckt, er hatte eine ähnliche Empfindung, wie sie das erste Erdbeben im Menschen erzeugt, wenn das, was man vor allen Dingen als fest und beständig anzusehen gewohnt war, die sichere wohlgegründete Erde, plötzlich in erschrecklicher Leichtfertigkeit anfängt zu tanzen. Ja, es schmerzt oft mehr, wenn die vielen kleinen Würzelchen, die aus dem Alltäglichen ihre Nahrung saugen, losgerissen werden, als wenn eine der großen Pfahlwurzeln unserer Existenz durchschnitten wird.

Es gibt wohl nichts Unbequemeres, als wenn zu so unbehaglicher Stimmung noch Besuch von fatalen Menschen tritt. Auch diese Zuthat blieb Wolfgang nicht erspart, denn es klopfte, und herein trat jemand, den er unter allen Umständen lieber im Pfefferlande sah und für den, um ihn im gegenwärtigen Augenblick fortzuwünschen, die Geographie mit vollständig ungenügenden Entfernungen ausgerüstet war. Herr Benno Bach trat ein, ein junger Mann im Anfang der dreißiger Jahre, wohlgenährt und von rosiger Gesichtsfarbe mit einer weißen Stirn, die sich glänzend bereits bis zum Zenith erstreckte. Den übrigen Teil des Hauptes bedeckten kurze, sehr blonde wohlgekräuselte Löckchen, in denen kein Härchen ungezählt war. Diese appetitliche Sorgfalt erstreckte sich auf den ganzen Anzug, der, von feinen Stoffen hergestellt, in sorglicher Farbenzusammenstellung und harmonischer Zierlichkeit den Körper umschloß. Trotz des winterlichen Schlackerwetters war kein irdisches Tröpfchen auf den glänzenden Stiefeln zu spüren. Er begrüßte Wolfgang in einer gewissen zerstreuten, abwesenden Art, gleichsam als zähle er im Geiste wichtige Dinge ab, und fürchte sich, einen Irrtum zu begehen.

»Ach, ich störe Sie wohl,« sagte er nach der ersten Begrüßung. »Sie sind bei der Arbeit . . . Ich will Sie nicht lange aufhalten, ich bitte nur um eine Feder und etwas Papier, um eine Idee niederzuschreiben, einen Gedankenzug, der sich mir aufdrängte, als ich durch das Geräusch der Nebenstraße fuhr . . . Ich war unglücklich, ich hatte mein Notizbuch vergessen, da fielen Sie mir ein.. – Schreibe ich dergleichen nicht sofort auf, so ist es mir entschwunden . . . mein Gedächtnis ist wie ein Sieb, nur die großen Züge bewahrt es, nicht die kleinen Feinheiten . . .« Dabei suchte er unruhig nach dem Gewünschten, ohne es zu finden.

»Wie ein Huhn, wenn es legen will,« dachte Wolfgang heimlich.

»Dort, dort,« sagte er dann, indem er ihm den Ort bezeichnete. Mit Befriedigung setzte sich Bach, jedoch fing er gleich an, hastig zwischen den Schreibgegenständen zu suchen und zu wählen.

»Lauter Bleifedern,« sagte er, »Faber Nummer zwei, Faber Nummer drei . . . Gutknecht . . . Hardtmuth . . . ach, haben Sie keine Feder?« fügte er fast kläglich hinzu, »eine Stahlfeder und Tinte?«

Wolfgang brachte beides herbei. »Genügt eine Bleifeder nicht für diesen Zweck?« fragte er.

»Ich schreibe sehr ungern mit Bleifedern, nur im alleräußersten Notfall,« sagte Bach, »es sagt mir nicht zu, es ist mir« . . . – er suchte eine Weile in allen Gehirnschiebladen nach einem Ausdruck und krähte schließlich sichtlich erfreut – »es ist mir nicht monumental genug!« Dann ward er eine Zeit lang unschädlich und schrieb eifrig. Wolfgang kehrte an seine Staffelei zurück und wappnete sich im stillen mit Duldung. Er haßte diesen Menschen. Benno Bach hatte davon keine Ahnung, er lebte sogar in dem Aberglauben, daß das Gegenteil der Fall sei. Er besuchte den Maler zuweilen und lobte seine Bilder, und wenn er ihm zu Wagen auf der Straße begegnete, ließ er den Kutscher halten, sprang auf die Straße, zog Wolfgang in die nächste Restauration, alle Ausflüchte nicht beachtend, und zwang ihn unter Freudenausbrüchen über das glückliche Zusammentreffen, ein Glas mit ihm zu trinken. Bei einer solchen Gelegenheit hatte er einst erklärt, er halte sehr viel von Turnau und er wisse, daß diese Neigung erwidert werde. Dieser, der mit Anstrengung aller seiner Geistesgaben eben an der Arbeit war, eine Ausflucht zu erfinden, um dem Verhaßten zu entrinnen, besaß in seiner Gutmütigkeit den Mut nicht, eine Aufklärung herbeizuführen, denn er mußte es sich doch sagen, daß der Edle ihm in Wirklichkeit niemals etwas gethan, sich sogar im höchsten Maße freundlich gegen ihn erwiesen hatte. Mittlerweile hatte er sich daran gewöhnt, diese einseitige Freundschaft wie ein unvermeidliches Schicksal zu tragen.

Bach hatte seine Niederschrift beendet und erhob sich: »Was ich hier eben aufschrieb,« sagte er, »ist mir viel wert, es sind die Samenkörner zu einem ganzen Zyklus von Gedichten; ich fühle schon, wie sie keimen!« Dabei ließ er seine Züge einen sinnenden Ausdruck annehmen und starrte eine kleine Weile in sich hinein, gleichsam als belausche er diesen geheimnisvollen Werdeprozeß. Danach fielen seine Augen auf das Bild. »Ein Porträt,« sagte er gleichmütig, »scheint ja ein hübsches ... aber wie ist das möglich,« rief er dann, »das ist ja Fräulein Springer! Und zwar durchaus vorzüglich gemalt, und von der größten Ähnlichkeit! Ist sie jetzt in der Stadt? Wie kommen Sie dazu?«

Wolfgang war verwundert und unangenehm berührt. »Durch ein zufälliges Zusammentreffen,« sagte er, »ich kenne das Mädchen kaum.«

»Sie wohnt jetzt hier?« forschte Bach.

»Ich glaube wohl,« antwortete Wolfgang; dabei fiel ihm mit Entsetzen ein, daß Helene mit ihrer Mutter jeden Augenblick zur Sitzung kommen konnte; er machte sich im Zimmer etwas zu thun und verriegelte heimlich die Thür, die zu Frau Springers Räumen führte. Er hatte das dunkle Bewußtsein, daß er von jetzt ab ungeheuer lügen werde.

Bach war ganz in den Anblick des Bildes versunken: »Vergangene Zeiten steigen herauf,« sagte er dann, »in Ostpreußen habe ich sie kennen gelernt vor anderthalb Jahren, sie war noch sehr jung, allein ihr ganzes Wesen, gemischt aus kindlichem Frohsinn und jungfräulichem Ernst, hatte etwas sehr Anziehendes für mich. Es berührte mich eigentümlich neu. Die geistreichen Weiber bekommt man auch satt. Ich sah schon eine Idylle gleich der Sesenheimer herannahen. Lyrische Stimmungen verließen mich nicht mehr. Ich war im Begriff, eine ganz neue Sorte von Liebe kennen zu lernen, und Sie glauben gar nicht, wie das zum poetischen Schaffen anregt.«

Turnau ballten sich die Fäuste bei diesen Worten und sein Herz schwoll plötzlich bei dem Gedanken an den unsäglichen Hochgenuß, den es ihm bereiten würde, den trefflichen Poeten in diesem Augenblick mit einem Stuhlbein zu Boden zu schlagen, oder ihn beim Kragen zu nehmen und durch die klirrende Glasthür die Treppe hinab zu werfen.

Bach fuhr nach einer Pause, da Wolfgang nichts erwiderte, unbeirrt fort: »Eines Sommerabends erinnere ich mich noch. Ich ging spazieren mit den beiden Töchtern des Pfarrers und Fräulein Springer. Als die Sonne unterging, standen wir auf einem Hügel unter einer großen Eiche. Vor uns senkte sich ein Kornfeld, dann kam eine schmale Wiese und dahinter ein See, der in der Ferne wiederum durch Wald begrenzt wurde. Hinter den Wipfeln dieses Waldes war die Sonne versunken und brannte nur noch mit einer großen goldenen Glut hervor. Ringsum war alles feierlich und still, wie in Andacht versunken. Eines meiner besten Gedichte betitelt sich: ›Sonnenuntergang‹. Sie werden sich erinnern; es beginnt:

> ›Du einsames Grab
> Der versunkenen Sonne . . .‹

»Ich zitierte dies Gedicht mit bewegter Stimme, und als es zu Ende war, schaute ich auf Fräulein Springer, die etwas abseits stand. Sie trug einen Kornblumenkranz im Haar und schaute mit großen Augen in die Abendglut, die einen warmen leuchtenden Schein auf ihr schönes, seltsam ernstes Antlitz warf; ich glaubte eine Thräne in ihrem Auge schimmern zu sehen. Sehen Sie, lieber Turnau, das sind die Erfolge, die dem Herzen des Poeten wahrhaft wohlthun.«

Turnau war von diesem selbstgefälligen Geschwätz fast zur Verzweiflung gebracht. Als er über Helene so reden hörte, hatte er eine Empfindung, wie jemand, der eine schöne, scheinbar unberührte Frucht bewundert, aus welcher plötzlich bei näherer Betrachtung ein gefräßiger Ohrwurm davoneilt, der sie heimlich benagte. Er brummte etwas Unverständliches; Benno Bach seufzte ein wenig, strich sich sorgfältig die Stellen seiner hohen Stirn, wo früher Haare wuchsen, prüfte mit vorsichtigen Fingern den künstlich gelockten Rest, der ihm noch geblieben, und fuhr fort: »Ich denke zuweilen jetzt auf Heiraten, ganz ernsthaft sogar. Dies Bild bringt mich wieder darauf, weil es mir zeigt, wie die Zeit vergeht. Seit jenem Abend habe ich sie nicht wieder gesehen, damals war sie noch ein halbes Kind, jetzt ist die Knospe voll erschlossen. Ich möchte sie wiedersehen. Sie haben wohl die Freundlichkeit, mir die Adresse mitzuteilen!«

Es stellte sich aber heraus, daß Herr Benno Bach sich in einem der größten Irrtümer befand, als er dies annahm. Wolfgang geriet in eine sehr täuschende Verwunderung darüber, daß ihm noch nie eingefallen sei, danach zu fragen. Die junge Dame käme mit einer älteren zu ihm, und so viel er sich entsinne, habe er aus einigen

Andeutungen geschlossen, daß sie sehr weit entfernt wohnen müß-
ten, vielleicht eine Stunde weit oder noch weiter. Ein Bahnhof sei in
der Nähe ihrer Wohnung, ob der Stettiner oder der Ostbahnhof, sei
ihm wieder entfallen. Es habe ihn bis jetzt auch gar nicht interes-
siert, aber wenn Bach es wünsche, so könne er ja auch einmal nach
der Wohnung der Dame fragen, er hoffe, daß er es nicht vergessen
werde. Bach ersuchte ihn noch besonders, dies ja nicht zu unterlas-
sen. Das Bild habe sein Herz seltsam bewegt und er vermöge sich
kaum von ihm zu trennen. Wolfgang meinte dann, dies fände er
nicht recht begreiflich, aber in solchen Dingen seien die Ansichten
der Menschen verschieden. Dabei horchte er fortwährend nach der
Thür und seufzte hoch auf, als Benno Bach sich endlich empfahl
und die Thüre hinter sich geschlossen hatte. Zu weiteren Gedanken
blieb ihm keine Zeit, denn kaum hatte der Poet das Atelier verlassen, als von der anderen Seite Helene und Frau Springer eintraten
und die Sitzung ihren Anfang nahm.

VIII. Die Sitzung.

Heute kam mit Helene kein Sonnenschein in das Atelier; sie erschien mit verweinten Augen wie der blasse Mond, während Frau Springer sie begleitete und einer drohenden Wolke vergleichbar war.

»Es ist gut, daß ich heute nur noch am Haar zu thun habe,« sagte Wolfgang, indem er sie prüfend betrachtete. Helene seufzte, ihre Mutter sah unergründlich ernsthaft auf und strickte wie eine Maschine.

»Erlauben Sie,« sagte Wolfgang dann, »daß ich das Haar ein wenig ordne.« Helene neigte schweigend das Haupt, und der Maler gab mit leichten Fingern dem welligen, seidenweichen Gelock eine gefälligere und freiere Lage. Seine Hand zitterte hierbei; er hatte Helene gegenüber noch nie diese Verlegenheit empfunden. Es war, als ob von dieser Berührung eine warme elektrische Strömung ausginge, die sein Herz rascher schlagen machte und in seinem Haupte die Gedanken seltsam und lieblich durcheinander wirrte. Er konnte kaum der Versuchung widerstehen, dies schöne Köpfchen zwischen seine Hände zu nehmen und es aufzurichten, um einmal recht tief in die dunklen Augen zu sehen. Und seltsam – als er sein Werk vollendet hatte und Helene wieder aufschaute, war die Blässe ihres Gesichts verschwunden und hatte einer sanften Röte Platz gemacht.

Die Sitzung begann. Es war heute recht still in dem behaglichen Raume, man vernahm nichts als das eifrige Klirren der Stricknadeln und von draußen das Schwatzen der Sperlinge, die in der hohen Schwarzpappel Distriktsversammlung abhielten.

Wolfgang malte, als hinge das Wohl der Welt davon ab, er wunderte sich selbst, wie ihm heute alles gelang; der alte Künstlerspruch:

> Hände, Füß' und Haar
> Sind des Teufels War' –

schien heute bei ihm seine Wahrheit verloren zu haben.

Nach einer halben Stunde klingelte es draußen und Frau Springer ward dadurch abgerufen. An ihrer Stelle blieb nur ein eilig zusammengeballtes Strickzeug, das mit seinen Nadeln wie ein spärlich bewaldetes Stachelschwein in die Welt starrte und ein seltsam beobachtendes Ansehen hatte, gleich als sei es sich seiner Stellvertretung wohl bewußt. Außerdem blieb auch die große Stille, nur die Sperlinge schienen bei Beratung ihrer kommunalen Angelegenheiten auf einen Streitpunkt gestoßen zu sein und erhoben einen gewaltigen Lärm, bis sie plötzlich mit Gebrause alle auf einmal davonflogen. Nun war die Stille noch auffallender, und Wolfgang, um nur etwas zu reden, erinnerte sich an den Besuch von vorhin und sprach: »Es war soeben ein alter Bekannter von Ihnen hier.« Helene sah ihn fragend an.

»Erinnern Sie sich nicht mehr an den Abend in Ostpreußen, als Sie, einen Kornblumenkranz im Haar, in die untergehende Sonne sahen und jemand dazu lyrisch wurde:

›Du einsames Grab
Der versunkenen Sonne . . .‹«

Helene sah ihn mit großen Augen an: »Das war Herr Bach – Sie kennen ihn?« Dann sah sie eine Weile nachdenklich vor sich hin und fuhr fort: »Von dem Gedicht habe ich nicht viel gehört, es mag wohl sehr schön gewesen sein, aber ich dachte an andere Dinge. Man hatte vorher gesagt, daß dort Berlin läge, wo die Sonne versank. Ich dachte an meine Mutter und an unser kleines Eckzimmer, wo auch die untergehende Sonne hineinscheint, und an unseren Kanarienvogel, der dann noch zum letztenmal so schön singt, und an . . .« Hier stockte sie eine Weile, so daß Wolfgang weiter forschte: »Und an . . .?« – »Und an mancherlei,« fuhr sie fort. »Ich weiß das noch sehr genau, denn ich habe oft an diesen Abend gedacht. Ich hatte Heimweh. Herrn Bach habe ich seitdem nicht wieder gesehen, er besuchte damals seinen Onkel, dem das Gut gehört.«

»Wie gefiel er Ihnen?« fragte Wolfgang.

»Er war stets sehr zuvorkommend gegen mich,« sagte Helene, »ich lachte niemals über seine Gedichte, wie die anderen Mädchen, die sich zuweilen die Taschentücher in den Mund stopfen mußten,

wenn er vorlas. Ich kann sehr ernsthaft sein, wenn es darauf an-
kommt.«

»Hm,« meinte Wolfgang, »Sie hätten nur lachen sollen.«

»Herr Bach ist doch Ihr Freund?« fragte Helene fast verwundert.

»Ja, er ist mein Freund,« rief Turnau heftig, »aber ich bin geneigt,
diese Freundschaft, die der unerforschliche Ratschluß der Götter
über mich verhängt hat, als ein ›Schicksal‹ zu betrachten. Ich bin mit
diesem Menschen behaftet, ich habe ihn wie eine Krankheit. Er ist
mir zuerteilt worden als eine grausame Strafe für meine Sünden!«

Er bemerkte, daß ihn Helene wegen dieser plötzlichen Festigkeit
ganz erstaunt ansah, und fuhr fort: »Ich hätte mich seiner längst
entledigt, aber leider bin ich ihm Dank schuldig, und das bindet mir
die Hände und kränkt mich zugleich. Er lernte mich kennen, als ich
in friedlicher Dunkelheit und ziemlich unbeachtet ein Bildchen nach
den anderen strich, und hat dann zuerst auf mich aufmerksam gemacht und die Presse in Bewegung gesetzt, daß ich mit einemmal
bekannt wurde. Aber dies ist mehr als ausgeglichen dadurch, daß er
nun überall, wo es sich machen läßt, als mein Entdecker figuriert
und mich vorführt wie ein Zirkuspferd, das er persönlich dressiert
hat, daß er überall meinen Namen als eine Rose im Knopfloch trägt,
um den seinigen damit zu schmücken!«

Helene nahm wie alle Frauen die Partei des Angegriffenen.

»Das hat er doch am Ende nicht nötig,« sagte sie, »er gilt doch für
einen berühmten Dichter!«

»Machwerk! Machwerk!« rief Turnau, »ein künstlich aufgeblase-
ner Name, der über Nacht platzen wird wie eine Seifenblase, und es
wird nichts übrig bleiben als ein wenig unreines Wasser. Sie wissen
nicht, wie das gemacht wird, wie sie zusammenhalten die Mittel-
mäßigen und in Blättern und Blättchen einander emporloben und
gegenseitig ihre Namen und Nämchen ausschreien, bis das arme
dumme Publikum endlich glaubt, von dem vielen Geschrei müsse
doch etwas wahr sein. Sie wissen nichts von den Kunstparasiten,
denen es nur zu thun ist um Geld oder Ruhm und die den wahren
Künstlern wie Unkraut im Wege stehen. Die langen Ohren haben
sie ins Publikum gestreckt und lauschen und horchen nach dem,
was die große Menge haben will, und schneidern dann nach der

Mode des Tages zusammen, was heute gefällt und übermorgen schon vergessen ist.«

»Aber Herr Bach gehört doch nicht zu denen?« fragte Helene, ganz ängstlich gemacht durch eine Heftigkeit, die ihr kaum verständlich war.

»Herr Bach gehört zu denen,« sagte Wolfgang, »die ich Kunstschwindler nenne, und das ist es, was ewig eine Kluft zwischen uns befestigt. Es ist ihm nicht um die Sache selbst zu thun, sondern vor allen Dingen um den Erfolg der Sache. Er sucht nicht mit unablässigem Streben nach Vervollkommnung aus sich heranzubilden, was die Natur etwa in ihn gelegt hat, nein, es ist ihm nur daran gelegen, einen Glanz und Schimmer um sich zu verbreiten, und in eitler Selbstgefälligkeit wird er nicht müde, fortwährend den Leuten sein liebes Ich wie auf dem Teller entgegen zu tragen.«

Helene hörte ihm mit steigender Erregung zu; ihr erschienen diese Worte sehr übertrieben und grausam, und es widerstand ihr, diese Ergüsse anhören zu müssen.

»Sie urteilen gewiß zu hart,« meinte sie, »Sie sind eingenommen gegen Herrn Bach und thun ihm gewiß unrecht . . .«

Wolfgang ließ sie kaum ausreden, er hatte sich in Feuer gesprochen und redete sich immer tiefer in seinen Groll hinein: »Ich bin zu milde,« sagte er, »viel zu milde! Haben Sie einmal seine Gedichte gelesen? Das Buch erinnert mich immer an eine Eiersammlung. Nichts wie ausgepustete Eier. Lauter glänzende Schalen ohne Inhalt! Vorhin sprach er davon, daß er sich verheiraten möchte. Ich weiß ein Wesen, das seiner würdig ist. Er sollte Fräulein Iduna Schlunk heiraten; diese Künstlerin hat viel Verwandtes mit ihm, und vielleicht vereinigen sich einmal beider Talente in einem gemeinschaftlichen Sohn, der dann später seinen menschenfeindlichen Beruf darin finden wird, Arabesken von Kamillenblümlein und Vergißmeinnicht um seine eigenen mauserigen Gedichte zu malen!«

Helene kamen fast die Thränen in die Augen. Es mißfiel ihr über die Maßen, Wolfgang so sprechen zu hören, und sie konnte sich nicht enthalten, ihm dies zu sagen. »Ich hätte Sie nicht für so lieblos gehalten!« sprach sie, indem ihr das Rot in die Wangen stieg, mit zitternder Stimme.

Wolfgang sah sie groß an, er hatte offenbar diesen Ton nicht erwartet und ward plötzlich stumm und nachdenklich. Da auch in diesem Augenblick Frau Springer zurückkam, so trat das alte Schweigen wieder ein und die Sitzung ging stumm und verdrossen zu Ende.

IX. Dämmerung.

Als Wolfgang wieder allein war, ging er eine Weile in seinem Atelier ziellos umher und stand zuweilen und starrte auf alle möglichen Dinge, ohne irgend etwas zu sehen. Ein Verdacht war in ihm aufgestiegen, den er nicht abzuweisen vermochte, und der ihm das Herz einschnürte, je mehr er seine Berechtigung einzusehen glaubte. Es schien ihm klar zu sein, daß Helene eine Zuneigung für Benno Bach hege, ja ihn vielleicht heimlich liebe. Es gibt viele unbegreifliche Dinge in der Welt, sagte er sich, und dies ist am Ende noch nicht so unerklärlich. Benno Bach war sehr reich, er hatte kein unschönes Aeußere, und vielleicht mochte ja gerade das selbstgefällige Wesen, das den Maler zurückstieß, auf Helenens Unerfahrenheit bestechend eingewirkt haben. Die harmlose Jugend verwechselt ja so leicht und gerne ein Laster mit der verwandten Tugend und umgekehrt, und nichts ist leichter, als einem so jungen Mädchen, dessen Köpfchen noch mit schönen Einbildungen erfüllt ist, Schein für Wahrheit zu verkaufen. Sollte dies Benno Bach so schwer gefallen sein, dessen ganzes Sein und Wesen Schauspielerei war, und der nichts versäumte, sein liebes Ich auf alle Weise zu illuminieren und jeden Schein eines Verdienstes als eine leuchtende Wahrheit hinzustellen? Wolfgangs grübelnde Gedanken bohrten sich in diesen Vorstellungen fest, und an der unangenehmen Wirkung, die er hiervon erfuhr, ward ihm mit einemmal sonnenklar, wie es mit ihm selber in dieser Angelegenheit stand. Er ward plötzlich rot und dann wieder blaß, fuhr sich mit der Hand mehreremal durch das dichte Haar und blieb dann vor Helenens Porträt nachdenklich stehen. Dann rückte er einen Lehnsessel davor und saß eine lange Weile, bald das Bild betrachtend, bald in die grauen Wolken starrend, die sich verdrossen und unablässig an dem winterlichen Himmel durcheinanderschoben. Es wurde dämmerig und fing an wieder zu regnen; der Wind warf die Tropfen prickelnd gegen die Scheiben; in den Ecken und Winkeln des Ateliers lagerten sich finstere Schatten; nur das Porträt leuchtete noch mit sanftem Schimmer hervor. Aber es dunkelte immer stärker, bis allmählich Helenens Bild ebenfalls in die Finsternis versank. Draußen ward die Straßenlaterne angezündet und warf einen stillen Schein an die Decke des dunklen Raumes. Wolfgang erhob sich und sah auf die Straße. Diese Laterne brachte ihn auf einen Gedanken, sie erinnerte ihn daran, daß an demselben Abend das allerdings etwas verspätete Weihnachtsfest der »Klapprigen Laterne« gefeiert werden sollte. »Morbrand wird dort sein,« dachte Wolfgang, »er muß mir einen Rat in dieser Angelegenheit geben. Ich muß über diese seltsamen Erscheinungen, die sich in mir heute abend hervorgethan haben, ins klare kommen. Es wird sich wohl ein Augenblick finden, wo ich ihn allein habe.

X. Die »Klapprige Laterne«.

Es ging eine Sage über die Entstehung des Namens »Klapprige Laterne«. In der grauen Vorzeit des Vereins, da er noch namenlos war und nur aus fünf Mitgliedern bestand, die allwöchentlich abwechselnd in ihren Wohnungen zusammenkamen, hatte es bei einer dieser Versammlungen plötzlich an die Thüre geklopft und herein war getreten der alte Diogenes, der verdammt war, noch immer ruhelos mit seiner Laterne nach Menschen zu suchen. Sie hatten ihn freundlich aufgenommen, und Morbrand, der Aelteste des Vereins, hatte gesagt: »Setzen Sie sich, Professorchen, Sie werden müde sein, denn Griechenland ist weit, und der Jüngste sind Sie auch nicht mehr.« Der alte Diogenes hatte seine Laterne auf den Tisch gestellt und sich in den großen braunen Lehnstuhl mit Ohrenklappen gesetzt und recht kümmerlich geseufzt, daß es ganz herzzerbrechend anzuhören gewesen ist. Sie haben ihm aber viel Punsch zu trinken gegeben und allerlei anmutige Gespräche mit ihm geführt, dergleichen er sich gar nicht vermutet gewesen, so daß der alte Herr immer fröhlicher geworden ist und bald den einen, bald den anderen fast verwundert angesehen und sich immer häufiger und eifriger die Hände gerieben hat vor lauter Behagen. Und als die Stunde später geworden ist und die Geister lebendiger, so daß in bewegtem Hin und Wieder des Gespräches Scherz und Ernst durcheinandergeschwirrt sind wie die Bienen und Schmetterlinge zur Sommerzeit am blumigen Feldrain, da ist der Alte immer helläugiger geworden und immer aufgeregter, und zuletzt ist er plötzlich aufgesprungen und hat seine Laterne genommen und sie mit einem großen Jauchzer gegen den Ofen geschmettert und hat gerufen: »Hier sind ja Menschen! Hurra! Hier sind ja Menschen! Ich brauche dich nicht mehr, ich bin erlöst!« Danach hat er alle der Reihe nach umarmt und ihnen mit großer Rührung die Hände gedrückt, ist mit etwas schiefem Gange aus der Thür geschossen, mit ziemlichem Lärm die Treppe hinabgepoltert und niemals wiedergekommen.

Die Laterne hat man aber in ihrem dermaligen Zustande sorgfältig aufbewahrt und sie mit einem brennenden Lichte darin als ein heiliges Symbol bei jeglicher Sitzung auf den Tisch gestellt, auch gebührendermaßen den Verein feierlich nach ihr benannt. Etwa ein

Dutzend Menschen hatten sich gesellig um sie geschart und versuchten das Lob zu verdienen, das einst der alte Diogenes den Stiftern gespendet hatte. Ernst und Scherz in zwangloser Abwechslung herrschten an diesen Abenden. Manche Dichtung, bevor sie in die Welt hinausging, empfing hier ihre erste Beleuchtung – die alte Laterne konnte gar scharfe Lichter werfen –, manch künstlerischer Plan kam hier in kritischem Wechselgespräche zur Reife und Vollendung, doch auch der tollste Humor trieb hier seine schillernden Blüten, und nichts war so burlesk und paradox, daß es hier nicht begeistertes Verständnis gefunden hätte. Der Art war der Verein, den Wolfgang Turnau an diesem Abend besuchen wollte.

XI. Das Weihnachtsfest.

Um die Weihnachtszeit herum schimmern gar viele freundliche Lichtpunkte, wie heitere Sterne sich um den leuchtenden Mond scharen, unzählige Vereine feiern dann ihr Winterfest und wochenlang strahlen allabendlich die Tannenbäume bis tief in den Januar hinein. Eine freundliche Sitte, die auch den Familienlosen eine fröhliche Weihnachtsfeier ermöglicht.

Der größte Raum stand unter den Mitgliedern des Vereins dem Bildhauer Daniel in seinem geräumigen Atelier zur Verfügung, weshalb auch dort das Fest stattfand. Als Wolfgang eintrat, fand er bereits die meisten seiner Freunde in dem behaglich und anmutig mit Tannengrün und lebenden Pflanzen ausgeschmückten Raume anwesend.

Die Bildwerke, die das Atelier enthielt, waren alle an die Wände gerückt und schimmerten hell und freundlich aus dem grünen Blattwerk hervor, in der Mitte des Raumes leuchtete ein gedeckter Tisch, und den Ehrenplatz am oberen Ende desselben nahm ein mächtiger Tannenbaum ein, der, von Künstlerhand verziert, in Gold und Farben stand und mit mancherlei drolligem Spielwerk behängt war. Es herrschte, wie es bei derartigen Anlässen zu sein pflegt, eine gedämpfte Anfangsstimmung, die Freunde saßen behaglich schwatzend in kleinen Gruppen zusammen oder es standen einige vor diesem oder jenem Bildwerk in kritischer Beschauung.

Plötzlich klappte im Hintergrunde eine spanische Wand auseinander und ein alter Zaubergreis mit langem weißen Bart und spitzer Hieroglyphenmütze ward sichtbar. Er trug eine Kelle in der Hand und war bekleidet mit einem bunten Talar, der über und über mit blitzenden Zauberzeichen bedeckt war. Neben ihm befand sich ein dampfender Kessel auf einem Dreifuß, darunter stand eine Schale. Der Zauberer kreuzte die Arme, verbeugte sich würdevoll und sprach dann:

>»Des Nordens lange Winternacht zu kürzen,
>Ward einst in alter, längst vergeßner Zeit
>Von einem Mann, verloren ist sein Name,

Ein wunderbarer Zaubertrank erdacht.
Gar manche Nacht, die ruhmlos der Philister
Und thatenlos im warmen Bett verschnarcht,
Saß er an seinem Werk und mischt' und trank
Und trank und mischte, bis er hingesunken
Im Schlafe noch von der Vollendung träumte. –
Es kam die Zeit, die brünstiglich ersehnte,
Es kam die Zeit, wo ihm das Werk gelang,
Wo Kraft und Milde, Süßigkeit und Feuer,
Zusammenfloß in holder Einigkeit,
Und im Verein der widerspenst'gen Kräfte
Geboren ward der wunderbare Trank!
Heil sei dem Mann! Ihm ward kein Monument
Von Stein und Erz, jedoch im Widerschein
Viel seligroter Nasen glüht und leuchtet
Ein beßres Denkmal ihm vieltausendfach! –
Sein Name schwand, sein Werk wird ewig bleiben.
Wir wollen dessen heut uns heiter freuen!
Den alten Zauber wieder froh erneuen!«

Damit wandte sich der Zauberer und schwang unter unverständlichen Sprüchen seine Kelle beschwörend in der Luft. Aus der Schale schlug eine riesige blaue Flamme auf und leckte an den Wänden des Kessels hoch empor. Dann beugte er sich nieder und goß aus mächtigen Krügen, die neben ihm standen, unendlichen Wein in das Gefäß und sprach, indem er von Zeit zu Zeit mächtig mit der Kelle in der Flüssigkeit rührte:

»Es rankt die Rebe am rauschenden Rheine,
Die Kräfte der Erde saugt sie empor!
Sie bindet den Sommer und bannt ihn in Beeren,
Sie wendet und wandelt im Wechsel der Wochen
Der Sonne Gefunkel zu flüssigem Feuer,
Der Sonne Gleißen in glänzendes Gold!
Feuer zu Feuer und Flammen zu Flammen!
Heia, nun glänze, du goldige Glut,
Fließe im Feuer, du flammende Flut!«

Danach geschahen neue Beschwörungen. Im Hintergrunde erhob sich ein diabolisches Geheul und plötzlich stand wie aus der Erde gewachsen ein schwarzer Nigger da, der in den Händen eine mächtige Schale mit Zucker trug, der unter feierlichen Zeremonien dem Tranke beigemischt wurde. Auf ähnliche Weise erschienen die Zitronen von einem Italiener dargebracht, und als im Laufe der Zeit der Wein anfing zu sieden, tauchte ein vortrefflicher Chinese mit dem nötigen Arak auf, nach dessen Beimischung ein angenehmer Punschgeruch sich in dem ganzen Raume verbreitete und die Gemüter mit süßer Ahnung kommenden Genusses füllte. Nachdem somit die Grundbedingung eines behaglichen Abends geschaffen war, verschwanden der Zauberer und seine Gehilfen unter allgemeinem Beifall wieder im Hintergrunde, um nach einiger Zeit als gewöhnliche Menschen sich an ihren Plätzen wieder einzufinden.

Als danach die Begierde der Speise – aber noch lange nicht des Trankes – gestillt war, strahlten am Tannenbaum die Lichter auf und eine lustige Verlosung der scherzhaften Dinge, die er an seinen Zweigen trug, ward ins Werk gesetzt. Dadurch geriet allmählich die Stimmung in jene heitere Strömung, die in lebhaft rauschendem Allgemeingespräch sich kund thut, und nur zuweilen bildeten scherzhafte Vorführungen einzelner eine Insel in diesem Strome.

Der einzige, der an diesem Abend die richtige Stimmung nicht zu finden vermochte, war Wolfgang, wie wohl leicht erklärlich ist. Er hatte sich seines Beitrages in der Rolle des Chinesen erledigt und saß nun da, schweigend ein Glas Punsch über das andere schlürfend, und wälzte Gedanken. Zuweilen stimmte er mechanisch in ein besonders lautes Gelächter mit ein, um nicht aufzufallen, obgleich er selten genau wußte, um was es sich handelte. Er war fest entschlossen, sich Morbrand anzuvertrauen, allein, so lange er diesen auch beobachtete, immer wollte der geeignete Zeitpunkt nicht kommen, wo dieser allein war.

Scherzhafte Reden und burleske Aufführungen lösten einander ab. Die Stimmung ward brausender und die feurigen Geister des starken Getränkes entflammten die Köpfe. Zu dem Duft des Punsches, der ausgeblasenen Wachslichter und verbrannten Tannenzweige mischte sich der bläuliche Nebel der Zigarren, und die Gesellschaft sonderte sich, wie es in späteren Stadien solcher

Zusammenkünfte zu geschehen pflegt, in einzelne lebhaft disputierende Gruppen, in buntem Gespräch das Höchste wie das Tiefste durcheinander wirbelnd. Am Klavier tauchte ein Punschenthusiast auf und gab seiner Begeisterung singend Ausdruck:

>>Und würden zu Rum die Ströme,
Und würden die Meere zu Wein,
Und schmölzen dann alle Berge
Als Zuckerhüte hinein,
Und drückt' man den Mond als Zitrone
Hinein in die köstliche Flut,
Und heizte die riesige Bowle
Mit der Erde vulkanischer Glut,
Und könnt' ich dann liegen und schlürfen
Und trinken ohn' Aufenthalt:
Es würde doch nimmer bestehen
Vor meines Durstes Gewalt.<<

Der Zeitpunkt war eingetreten, wo die Menschen je nach ihrer Begabung sentimental oder streitsüchtig werden, und wo man jene Offenherzigkeiten zu begehen pflegt, die am anderen Tage so unverdaulich auf der Seele liegen.

Morbrand hatte sich zurückgezogen, saß allein hinter dem Tannenbaum versteckt und knackte Nüsse, indem er behaglich in das bunte Treiben vor sich schaute. Diesen Augenblick ließ Turnau nicht ungenützt vorübergehen, und es gelang ihm, Morbrand so künstlich in seiner Ecke einzuzäunen, daß der Zutritt eines dritten unmöglich gemacht wurde. Es ist nicht mehr als natürlich, daß er sodann ein Gespräch anfing, das mit der Sache, die ihm am Herzen lag, einen möglichst geringen Zusammenhang darbot. Nachdem er über die Vorzüge der Haselnüsse einige begeisterte Worte geäußert und über Nüsse im allgemeinen vortreffliche Anschauungen dargelegt hatte, spann sich das Gespräch mühsam dahin, bis endlich eine kleine Pause eintrat. Wolfgang sah eine Weile auf seine rechte Fußspitze, mit welcher er ein weniges auf und nieder wippte, und sprach ohne besondere Betonung vor sich hin: >>Es ist mir sonderbar ergangen, Morbrand.<<

»Hm,« sagte dieser, seine Bereitschaft zum Hören ausdrückend, ohne sich jedoch in seiner Beschäftigung zu unterbrechen. Wolfgang fuhr einigemal mit der Hand durch sein dichtes Haar, rückte dann näher und sprach: »Ich möchte dir etwas anvertrauen, wofür ich deinen Rat und deine Verschwiegenheit erbitte.« Morbrand legte den Nußknacker auf den Tisch und die eben ausgelöste Nuß säuberlich daneben. Dann nahm er seine Brille ab und putzte sie mit dem Taschentuch: »Dies wird feierlich,« sprach er. Nachdem er dann, wie es der Brauch ist, die Brille gegen das Licht gehalten und säuberlich wieder auf seine Nase gerückt hatte, that er einen tiefen Zug aus seinem Glase, lehnte sich in den Stuhl zurück und sagte: »Ich bin bereit.«

Wolfgang stärkte seine Seele ebenfalls mit Punsch und fuhr dann fort: »Ich habe vorher noch eine Bitte: Wenn es dir irgend möglich ist, lieber Freund, so bleibe ernsthaft bei dem, was ich dir sage. Es sind manchmal Dinge für andere sehr komisch, die dem Beteiligten bittere Bedrängnis schaffen. Wenn du durchaus lachen mußt, dann laß es mich wenigstens nicht sehen, mach' s innerlich ab. Und ehe ich anfange, gib mir die Hand, alter Freund.«

Morbrand blickte auf die Gesellschaft. Man achtete nicht auf die beiden Abgesonderten; in solcher Zeit und Stimmung hat jeder genug mit sich selber zu thun. Er griff unter dem Tisch nach Wolfgangs Hand und drückte sie kräftig.

»Es hat mich,« sagte dieser dann.

»Was, wie, wo?« fragte Morbrand.

»Hier,« antwortete Wolfgang, indem er die Hand aufs Herz legte und wie ein ertappter armer Sünder aussah. Es zuckte über des Freundes Gesicht, allein er bezwang sich: »Weiter!« sagte er.

Und Wolfgang beichtete alles herunter, was ihm auf der Seele lag. Am meisten bedrückte ihn natürlich die Befürchtung, die heute in ihm aufgestiegen war. »Wenn es sich bewahrheitet,« rief er aus, »daß sie diesen Kerl liebt, dann ist es zu Ende mit meiner Geduld, dann ist es hohe Zeit, daß er ausgerottet wird, damit er nicht noch mehr Unheil stiftet. Ich fordere ihn zum Zweikampf heraus und die Waffe soll mir ganz gleichgültig sein, wenn sie nur geeignet ist, ihn umzubringen.«

Morbrand lächelte doch ein wenig. »Diese Absicht ist ja lobenswert,« sagte er, »allein ich gebe dir zu bedenken, ob du dein Herz in Bezug auf das Mädchen auch genügend geprüft hast, ob dieses plötzliche Auflodern auch wirklich Liebe bedeutet, und ob dieses junge Fräulein auch die Eigenschaften und die Bildung besitzt, die einen Mann von deinen Eigenschaften dauernd glücklich machen können.«

»Es ist kein plötzliches Auflodern, »sagte Wolfgang, »es ist mir nur blitzartig zum Bewußtsein gekommen, was längst in mir verborgen war. Denke dir, man hat ein altes Bild lange besessen und niemals beachtet – man betrachtet es einmal genauer und siehe da, es ist ein Rembrandt. Du kennst das Mädchen nicht: sie ist nicht geradezu schön, aber sie hat jenen milden Liebreiz, der das Herz jedes Mannes mit Wärme füllt, jenen Zauber von Gesundheit und Frische, der in heutiger Zeit so außergewöhnlich selten ist, und dazu ein heiteres, sonniges und dennoch tiefer Empfindung fähiges Gemüt. Was ihre Bildung anbetrifft, so spielt sie nicht Klavier, sie malt nicht und macht keine Verse – das ist schon bedeutend mehr, als man heutzutage billigerweise verlangen kann.«

Morbrand lächelte wieder. »Nun gut, ich werde dir meinen Rat in dieser Angelegenheit erteilen. Ich fürchte nur, du wirst mit ihm nicht zufrieden sein, obgleich er der einzige und beste ist, der sich denken läßt: Wenn du sie liebst, da geh doch hin und sag's ihr!«

Wolfgang sah ihn fast verblüfft an und trommelte mit den Fingern. Er schwieg.

»Nun, warum nicht?« fragte Morbrand, »es ist das Sicherste. Die frische That erlöst.«

Der Maler versank in Gedanken. So selbstverständlich der Rat seines Freundes war, es lag doch für ihn etwas Ueberraschendes darin, denn trotz alledem war er der Sache noch nicht so nahe getreten. »Wenn ich einer günstigen Antwort gewiß wäre,« meinte er dann, »das Gegenteil wäre unerträglich.«

»Ungewißheit ist das Unerträglichste,« sagte Morbrand.

»Du hast recht,« entgegnete Wolfgang, »ich will es thun, ich will mit ihr sprechen.«

»Das genügt mir noch nicht,« meinte der Freund, »wann willst du mit ihr sprechen?«

»In den nächsten Tagen, sobald sich eine passende Stunde findet.«

»Dieser Plan ist schlecht,« sagte Morbrand, »binde dich an eine bestimmte Zeit, zum Beispiel morgen nachmittag Punkt vier Uhr. Erhebe dies zum festen Vorsatz.«

»Warum das?« fragte Wolfgang verwundert.

»Du weißt,« antwortete der Freund, »ich gehöre selber ein wenig zu den Leuten, die ihr ganzes Leben lang ›nächste Woche anfangen wollen‹. Wie manches habe ich nicht im Leben versäumt, weil ich heute nicht that, was ich morgen oder übermorgen thun wollte, wenn die passende Stunde sich fände. Darum, wenn dir die Zeit genehm ist, so schlage ein.«

»Ich verspreche auch dies,« sagte nach einer Weile der Maler und drückte dem Freunde kräftig die Hand. Danach mischten sich beide wieder unter die übrige Gesellschaft. Eine innere Heiterkeit war nach diesem Entschluß über Wolfgang gekommen und fröhlich nahm er von jetzt ab an allem teil, bis auch dieser Abend verbrauste und verschwamm, wie jede heitere Stunde dahingeht – Schaum, der eine Welle der Ewigkeit krönt.

XII. Die Werbung.

Am anderen Morgen, als Wolfgang trotz der durchschwärmten Nacht zur gewöhnlichen Zeit erwachte, lobte er den Rat Morbrands, denn frei von allem Zweifel stand vor ihm, was er zu erfüllen hatte, und jene geistige Anspannung, mit der man Dingen entgegen geht, die auf keine Weise mehr zu ändern sind, verließ ihn nicht mehr. Am Nachmittage, kurz vor der bestimmten Zeit, als er von seinem Mittagsessen zurückkehrte, begegnete ihm, was sonst allerdings nicht als ein gutes Omen betrachtet wird, Frau Springer vor der Hausthür, im Begriff auszugehen, allein ihm erschien es wie ein günstiges Vorzeichen, da er kaum zu hoffen gewagt hatte, Helene allein zu treffen.

Er stand in seinem Atelier vor seiner großen braunen Wanduhr, die ein Erbstück war, bis der Zeiger auf die volle Stunde deutete, und als das alte Mirakel mit großem Aufwand von innerem Schnurrwerk anhob, vier zu schlagen, marschierte er geradeswegs in sein Schicksal hinein. Auf dem Korridor lauschte er eine Weile, ehe er an die verhängnisvolle Thür klopfte. Er hörte nichts als den schmetternden Gesang eines Kanarienvogels. Als er hineintrat, wurde er fast geblendet, denn Helene befand sich in dem bereits erwähnten Eckzimmer und die untergehende Sonne sandte einen vollen Strom rotgoldenen Lichtes hinein. Das Mädchen erhob sich und stand mitten in dem Glanze da.

Turnau trat ein wenig zur Seite, um dem blendenden Lichte zu entgehen: »Ich wünsche Ihre Frau Mutter zu sprechen,« sagte dieser heuchlerische Sünder.

»Sie ist ausgegangen, aber sie wird bald zurückkehren,« war die Antwort.

»Darf ich sie hier erwarten?« fragte der Maler.

Helene schwieg verlegen, es war offenbar gegen ihre Instruktion, ja zu sagen. Aber Wolfgang nahm die Gelegenheit wahr und blieb.

»Sie zürnen mir doch nicht mehr wegen des Gespräches von gestern,« sagte er, »mir fällt es wieder ein, weil der Ort mich daran erinnert. Hier ist die untergehende Sonne, die in das kleine Eckzimmer noch einmal so schön hereinscheint, hier ist der schmetternde Kanarienvogel, an alles dies haben Sie gedacht an jenem Abend, aber hier ist heute noch jemand, der bis jetzt sozusagen zum Hause gehörte – haben Sie sich damals auch an diesen erinnert, Helene?«

»Herr Turnau, Sie fragen seltsam,« sagte Helene verwirrt, und zu dem Rot der Sonne, das auf ihren Wangen lag, trat eine tiefere Glut.

»O die Frage ist nicht seltsam,« rief Turnau, »ein freundliches Gedenken thut dem Menschenherzen wohl. Ich soll in kurzer Zeit aus diesem Hause gehen, wo ich die glücklichste Zeit meines Lebens verbrachte, da wäre es mir liebes Bewußtsein, wenn ich die Gewißheit hätte, daß meiner zuweilen gedacht wird.«

Helene schwieg und sah ihn an. In der Tiefe ihrer Augen lag ein warmer Schein, ein stilles Leuchten ging von ihnen aus, das Wolfgangs Herz pochen machte und sein Blut rascher strömen ließ.

»Ich gehe sehr ungern aus diesem Hause,« rief er, »und doch würde ich es mit Freuden verlassen, wenn ich eine Gewißheit hätte; darf ich sagen welche?«

Die Sonne war unterdes in schweren Wolken verschwunden, aber es war dies nicht allein, was das Antlitz Helenens tödlich erblassen machte.

Der kleine Kanarienvogel hatte aufgehört zu singen und es war so still im Zimmer, daß man das leise Knistern des Mieders hörte, das vom Sturm des jungen Busens bewegt wurde.

». . . Daß Sie mit mir gehen!« sagte Wolfgang. Er flüsterte es fast, und doch war beiden die ganze Welt in diesem Augenblicke mit dem Klange dieser Worte erfüllt. Helene sah ihn an starr wie im Traume, dann irrten ihre Augen wie Hilfe suchend umher – sie wollte entfliehen, allein Turnau trat ihr entgegen und sie sank ihm in die Arme und an die Brust, wo schon seit lange ihre Heimat war. Seine Lippen suchten die ihren und fanden sie, und die langgehegte stille Glut strömte nun süßberauschend ihm entgegen. Dann flüsterte sie an seiner Brust: »An jenem Abend dacht' ich auch an Sie. Und immer, jeden Tag, seit ich fort war, je länger es dauerte, je mehr.«

»Und niemals hast du diesen vergoldeten Poeten lieb gehabt, auch nicht ein kleines bißchen?« rief er jauchzend.

Sie hob den Kopf und schüttelte ihn verwundert: »Hast du das jemals gedacht?«

»Hurra,« jubelte Wolfgang, »ich war ein Thor, ein Narr, ein vollkommener Narr. Wo ist die Sonne, die Sonne soll noch einmal kommen, sie hat noch niemals einen so glücklichen Esel gesehen!« Und die Sonne erfüllte sein Verlangen. Groß und rot sank sie hinter der Wolke hervor und warf noch einmal, bevor sie schied, ihr verklärendes Licht auf die zwei Glücklichen. Wolfgang hielt Helene umschlungen und sah mit ihr hinaus in die Glut.

»Nun fehlt nur noch die Mutter,« sagte Helene.

»Ja, die Mutter,« sagte Turnau, »horch, da kommt sie schon.« Und als Frau Springer noch außer Atem von den vier Treppen über den Korridor kam und die Thür zu ihrem kleinen Eckzimmer öffnete, da, im letzten Schein des Abendrotes – ja, da stand die Bescherung!

Über tredition

Eigenes Buch veröffentlichen

tredition wurde 2006 in Hamburg gegründet und hat seither mehrere tausend Buchtitel veröffentlicht. Autoren veröffentlichen in wenigen leichten Schritten gedruckte Bücher, e-Books und audio-Books. tredition hat das Ziel, die beste und fairste Veröffentlichungsmöglichkeit für Autoren zu bieten.

tredition wurde mit der Erkenntnis gegründet, dass nur etwa jedes 200. bei Verlagen eingereichte Manuskript veröffentlicht wird. Dabei hat jedes Buch seinen Markt, also seine Leser. tredition sorgt dafür, dass für jedes Buch die Leserschaft auch erreicht wird.

Im einzigartigen Literatur-Netzwerk von tredition bieten zahlreiche Literatur-Partner (das sind Lektoren, Übersetzer, Hörbuchsprecher und Illustratoren) ihre Dienstleistung an, um Manuskripte zu verbessern oder die Vielfalt zu erhöhen. Autoren vereinbaren direkt mit den Literatur-Partnern die Konditionen ihrer Zusammenarbeit und partizipieren gemeinsam am Erfolg des Buches.

Das gesamte Verlagsprogramm von tredition ist bei allen stationären Buchhandlungen und Online-Buchhändlern wie z. B. Amazon erhältlich. e-Books stehen bei den führenden Online-Portalen (z. B. iBookstore von Apple oder Kindle von Amazon) zum Verkauf.

Einfach leicht ein Buch veröffentlichen: **www.tredition.de**

Eigene Buchreihe oder eigenen Verlag gründen

Seit 2009 bietet tredition sein Verlagskonzept auch als sogenanntes "White-Label" an. Das bedeutet, dass andere Unternehmen, Institutionen und Personen risikofrei und unkompliziert selbst zum Herausgeber von Büchern und Buchreihen unter eigener Marke werden können. tredition übernimmt dabei das komplette Herstellungs- und Distributionsrisiko.

Zahlreiche Zeitschriften-, Zeitungs- und Buchverlage, Universitäten, Forschungseinrichtungen u.v.m. nutzen diese Dienstleistung von tredition, um unter eigener Marke ohne Risiko Bücher zu verlegen.

Alle Informationen im Internet: **www.tredition.de/fuer-verlage**

tredition wurde mit mehreren Innovationspreisen ausgezeichnet, u. a. mit dem Webfuture Award und dem Innovationspreis der Buch Digitale.

tredition ist Mitglied im Börsenverein des Deutschen Buchhandels.

Dieses Werk elektronisch lesen

Dieses Werk ist Teil der Gutenberg-DE Edition DVD. Diese enthält das komplette Archiv des Projekt Gutenberg-DE. Die DVD ist im Internet erhältlich auf **http://gutenbergshop.abc.de**

Zeitfracht Medien GmbH
Ferdinand-Jühlke-Straße 7
99095 Erfurt, Deutschland
produktsicherheit@kolibri360.de